Fidelidade
das araras

Adilson Zambaldi

Fidelidade das araras

Copyright © 2021 Adilson Zambaldi
Fidelidade das araras © Editora Reformatório

Editor:
Marcelo Nocelli

Revisão:
Marcelo Nocelli
Eliéser Baco (EM Comunicação)

Imagem de capa:
Rodinei Morillas

Design e editoração eletrônica:
Karina Tenório

Dados Internacionais de Catalogação na Publicação (CIP)
Bibliotecária Juliana Farias Motta CRB7/5880

Zambaldi, Adilson, 1979-
    Fidelidade das araras / Adilson Zambaldi. – São Paulo:
Reformatório, 2021.
    94 p.: il.; 14x21 cm.

    ISBN: 978-65-88091-30-2

    1. Contos brasileiros. Título.
Z23f   CDD B869.3

Índice para catálogo sistemático:
1. Contos brasileiros

Todos os direitos desta edição reservados à:

EDITORA REFORMATÓRIO
www.reformatorio.com.br

Neste
mundo
de gaiolas,
sejamos
ninhos.

Dedicado
à Anna.

Sumário

Menina do mar, *11*

Fidelidade das araras, *15*

Domingo, *19*

Gaivotas, *21*

Retalhos de Irene, *23*

Mandinga, *27*

Amora, *29*

Minha quarentena, *33*

Agasalho colorido, *35*

O grito de Edvard, *41*

Gastou-se, *43*

Você lê?, *47*

Heranças de Antônio, *51*

Enfeites, *55*

Agosto, *57*

Caçada, *61*

Sonho arrastado, *63*

Às moscas, *67*

Paribar, *75*

Chama no zapzap, *79*

Augusto vai à lona, *85*

Menina do mar

"Sempre assim.
Sempre que o amor vaza a maré.
Vou parar bem longe.
Aonde não dá pé.
Difícil de nadar."

Canção de Gil e Roberta em direção à areia. Enquanto os surfistas manjavam o quebra-mar, eu apenas mirava Marina. Seus primeiros passos já tão firmes e tão solitários. Quanto maiores os peixes, menores os cardumes. Fim de tarde abarrotado de cadeiras. Areia colorida. Marina feliz em descobrir o sal, distraída com as ondinhas que tocavam as palmas de suas mãos. Alegrias que se achegam em pequenas ondas, areia seca. Lavo suas mãos com água doce. Um sorvete enquanto escorre o nariz. Ranheta, essa Marina. Rabisca a areia com o palito. Meu castelo, essa Marina. Menina que veio do mar, repito nossas origens em pensamento. Maré alta que insiste em invadir minha fortaleza com facilidade, minando toda a dureza que represa nossos afetos. Fim de semana com

Marina é um findar de inquietação. Mar revolto em calmaria. Porto seguro, essa Marina.

Desde o seu nascimento, a busca pelo oxigênio. O líquido no pulmão. A taquipneia transitória confirmada na radiografia. Respiração difícil que se cura em dois ou três dias. Os alvéolos da menina levaram sete. Angústia que conto até hoje nos dedos, no calendário, no celular, no relógio biológico. Todos os dias, desde seu nascimento, a gente se encontra aos fins de semana, um crescer sem fim de expectativa. Inteligente, essa Marina. Ágil, essa Marina. Surpreendente, essa Marina. Domingo. Logo dá a hora do vazar da alegria. Casa sem Marina é um vazio só, um silêncio só. Marina mergulhada num baldinho d'água. Sua porção de oceano.

Fazia um bocado de tempo que havia nos lambuzado de protetor solar. Fim de tarde ardido. Deixei os óculos escuros na cadeira e, submerso na mochila, fui em busca de um novo frasco. Frutas, água, chaves, suquinhos, livro, pelúcia, toalha e nada de protetor. Reviro os objetos na canga. Nada. A birra no mercadinho. Minha distração em conter o choro. Fiquei tão entretido com a compra do peixinho vermelho e o balde de plástico, que minha memória ficou acomodada juntamente com o protetor solar, sobre o balcão. Teimosa, essa Marina. Não servia o verde nem azul, tinha que ser o vermelho. Justo o da parte de cima do mostruário. Difícil de pegar. Chamei o proprietário da pequena venda para ajudar. Distraídos com a mesma distração, alegria de Marina. Solar, essa Marina. Minha alegria vem acompanhada de esquecimento.

Senti meus pés afundarem em areia movediça. Súbita, a maré subiu, arrastando cangas, chinelos, cadeiras, guarda-sóis e tudo mais. Entre gritos e risadas assustadas, viro-me para o lado e não avisto a menina. Logo adiante, um baldinho flutuando na correnteza que esvai rápida. Corro de braçadas em direção ao mar. Banhistas prosseguem no furar de ondas.

MARINA!

Nada enxergo, em meio às espumas. A culpa que a água leva e a esperança que a vida traz. Minha voz ganha a ronquidão da maresia, as pernas amolecem com o peso da areia e meus olhos marejam com a vermelhidão salgada. Miro o peixinho que a onda não carregou. O peixinho vermelho ganha o meu oceano. Vazio, desmorono na areia. Peço perdão a todos os Santos. Suplico à Iemanjá que não leve meu pedido em vão. Tragam Marina. Devolvam a minha razão, a minha Marina. Mas, nada da menina do mar.

"Vou correr o risco de afundar de vez.
Sob o peso da insensatez.
Já sem poder boiar."

Por mais que relutemos, nossos males nos reafirmam no mundo. A pequena passou muito mal da última vez em que estivemos na praia. Minha irmã ofereceu um camarão. Comeu meia dúzia em minutos. Voraz, essa Marina. Passamos a noite no pronto-socorro. Ela toda empipocada e febril. Desespero vem acompanhado de falta de saber. Eu em minha falta de saber de ser pai. Agora esta falta de saber de Marina.

Regresso ao quiosque em busca de ajuda. Meus passos circulam as mesas aperreado. Na cozinha, uma senhora de avental engordurado consola a garotinha afogada em soluços. Era Marina, a rejeitar o pastel de camarão. Essa Marina, nenhuma onda leva. Eu me agarrei à pequena e ao nosso desconforto. Filha, a gente se reconhece na angústia. Reconheci seu choro no meu choro. Nosso abraço em terra firme. Ali submergia um oceano entre nós.

Fidelidade das araras

O medo é imprevisão. Animais rasteiros se valem da astúcia. Gavião-caboclo, do oportunismo. No Cerrado, medo garante sobrevida. Faz, do mísero rastejante, o mais implacável dos reis, o mais nobre dos banquetes. Mas hoje, não. Ao gavião restou apenas o guiso, a dança. A morte é um deixar de dançar. E, por essas bandas, é embalada pelo serpentear duvidoso. Por vezes, a melhor defesa é a fuga.

O verão no Cerrado é verde pós-queimada, sol que é chuva repentina. Abundância de águas e inseguranças. O medo, um querer de certezas que não se achegam. Aversão que imobiliza. De todos os sintomas de um surto pós-traumático, o mais temido é a falta de reação. O mesmo se aplica a uma trilha de nível médio, o passo que não vem coloca em risco horas de caminhada. Àquela altura, a centenas de metros, a natureza agigantava um vazio vertiginoso abaixo dos pés. Carmem se apequenou.

A liberdade do mirante da Catarata dos Couros paralisa os instintos. Uma desmedida queda, livre de parapeitos e isenta de qualquer amarra que traga segurança.

Carmem permanecia agarrada a uma pequena ramificação. Caliandra que persiste em medrar ao seu tempo.

Aos poucos, Carmem se acostumou com a altura, com a liberdade que deságua em seus olhos e abisma os rochedos, banhando as andorinhas. Pássaro que conheceu gaiola fica ressabiado de árvore. Carmem ressabiada com Claudio.

O guia era conhecido como o Pajé do Cerrado, trilheiro xamanista apaixonado pelas belezas arredias. Carmem era uma dessas pequenas espécies de cascas grossas que resistem às severidades na certeza da florada. Claudio apreciava a resistência delicada das flores miúdas. Apesar do tronco tortuoso de queimadas passadas, a sua prosa brotava como um Cadombá que renasce das cinzas. Seus vocábulos simples são, ao seu modo, um elogio à coragem de Carmem. A grandiosidade da vista que se abria ao sorriso da moça, abria-se ao coração de Claudio.

O galanteio é interrompido pelos papagaios selvagens, uma conversa entusiasmada em língua nativa de gente não letrada. O povo da cidade é analfabeto aos sinais da mata. Claudio logo percebeu se tratar de uma mangueira. Manga do mato é mais doce que manga de baciada. Os papagaios sabiam mais de amor que Claudio. O Pajé do Cerrado provou o sabor mais amargo dos romances. O fim. A mulher partiu levando os filhos para Brasília em busca do concreto. Lá conheceu Raimundo, mestre de obras. Construíram família. Nunca mais reencontrou os filhos. Nunca mais se reencontrou.

A Chapada dos Veadeiros é cortada pelo Paralelo 14, local que faz de Alto Paraíso paragem de místicos desiludidos na tentativa de renovação. Carmem vagueia pelos dizeres de Claudio enquanto retornam da Catarata dos Couros. Ele parecia tão confiante. Ela desconfiada.

A estrada revelava raios de um sol entristecido. A fé se manifestava em picadas de insetos. Claudio apontava para os resquícios de um acampamento. Mais uma seita. Naqueles latifúndios, o que findava era a esperança, não o mundo. O medo da morte encorajava a vida e o percurso pelas corredeiras secas.

Girinos em poças rasas. Carmem observava enquanto Claudio metia os pés distraídos nas fezes de um lobo-guará. Sementes de lobeira. Até os animais mais ariscos semeiam virtudes. Após o acidente, Carmem foi levada às pressas para uma comunidade alternativa para além dos limites do Parque Nacional da Chapada dos Veadeiros. Curandeiros trataram da curetagem em rituais regados a Pacari e Velame, associados a raízes nativas. O bioma do Cerrado oferece uma vasta flora farmacológica, conhecimento ancestral difundida entre nativos.

Claudio entendia de plantas, rituais e explosivos caseiros. Lá pelos lados de Cristalina, após a debandada da mulher e filhos, envolveu-se com o garimpo. Como uma

Arara Canindé, logo reconheceu seus pares. Os gritos ásperos das aves de nada pareciam com os estrondos do bando. Não demorou para que as dinamites migrassem das matas para as cercanias urbanas. Caixas eletrônicos eram presas fáceis. O medo como oportunismo.

Araras Canindé são fiéis a seus pares como o medo é fiel à vida. O bando de Claudio planejou o último assalto como um debandar, cada qual ao seu ninho. Carmem descobriu a gravidez semanas antes e planejava se aprumar em Ceilândia, tendo as asas do Plano Piloto como proteção. A gente nunca sabe como será o pouso.

O pouso foi forçado. Durante a fuga, o piloto perdeu o controle e capotou. Carmem foi ejetada a cinquenta metros da estrada. Claudio vinha logo atrás com o dinheiro. Desovaria os corpos em uma comunidade para além do Parque Nacional.

Ao abrir o porta-malas, a hemorragia manchou as notas. Garoupas assustadas banhavam-se em rios vermelhos. O medo em busca do ar. Carmem em busca da existência. Resistiu. O tempo curandeiro.

Do bando, apenas Claudio e Carmem. Araras cativas. Terminaram o dia acolhidos em rancho simples, matula bem-servida com uma suculenta carne na lata. Num cartaz em garranchos, os rabiscos: *sem* dinheiro não se come.

Domingo

As varas arqueavam meio que sem prumo em direção ao rosnar. Galhada ouriçada. A fêmea em posição de defesa, os machos em riste. No front, a iniciação é incendiada pelo cheiro de gás de cozinha, um aviso de que o perigo urbano invadiu as folhagens. É o bicho-homem que cresce à beira-rio e margeia as matas do Atlântico. Infância de beirais e seu estilingar de pequenas maldades. Cutuca! Cutuca!, esbravejei.

O rosnar de resmungo deu lugar ao rosnar de combate e daí veio o rosnar da entrega. Cacho que despenca bananeira. Ela cedeu às investidas. Ela e os filhotes. Eu não vi. Faltou coragem. A queda veio acompanhada de uma algazarra só. E três pauladas. Certeiras. Ouvi bem. Depois o silêncio que antecedeu os urros, os gracejos e todos os exageros. Todos cheios de si, do feito. Não perceberam a minha valentia escapulir.

A amarração improvisada em toco de bambu velava um cortejo desajeitado pela picada no cair de noite. Dizem que o cheiro da pobreza nunca sai da gente. Não esqueço o cheiro do pelo queimado, despelado com as costas do facão. Eu dentro do bicho, manejo cirúrgico da bexiga. Qualquer vazamento da urina seria impregnado de azar, aliciavam os mais experientes. Meu rito de passagem à luz da fogueira.

Foram mais duas horas de fogo reavivado pela tora seca e as conversas, dessas de meninos com ares fantásticos. Batucada de Mãe D'água em lua cheia. Caboclinhos de lamparinas mata adentro. Ai, ai. E o pai todo arregalado, regresso depois de três dias. Tinha descarregado toda a munição, lembra? E as vozes no travesseiro? A suadeira noturna por semana fora? Mamãe chorosa, escorrendo a roupa na beira do tanque. Disseram que era febre de sapo. Sei não. O pai nunca mais voltou para a ceva. Trocou a cartucheira por carriola e serrote.

Até que para uma gambá, o cheiro tava bom. Repicaram o bicho em pedaços miúdos, acrescido de sal grosso e cheiro verde. A carne branca e tenra burlava as papilas. Lembrava o garnisé da venda do Seu Chico, assado no almoço. Puxei um pedaço e depois mais outro, e foi então que me cutucaram com uma tal de conversa de homem para homem. Passei a rosnar diferente depois daquele domingo.

Gaivotas

Enquanto o rio se afoga entre as ondas, os urubus se agitam com o cardume que encalha no estômago. O remo afunda na areia e aquieta a canoa. Silêncio que avisa: uma dúzia de banana verde, uma cumbuca de farinha, e só. O mesmo silêncio da outra semana. Silêncio de urubu que não canta, mas cata. Cata tudo que sobra. Quem se arrisca? Robalo, sinhá-rosa, chicharro ou bagre. Quem dera entocar lagosta ou fisgar um vermelho, dos parrudos. Nem ao menos um lamacento, no puçá? Deus! Mais uma rede varada, mais uma noite dos Diabos. Reza! Reza, que tá bravo! O quê?! As gaivotas? Que gaivotas? Elas debandaram há tempos.

Retalhos de Irene

Vovó ensinou desde berço: comida à mesa, casa limpa, tecido alinhado, roupa passada. Saias na altura dos joelhos. Assear-se duas vezes ao dia. Leite de rosas no corpo. Cabelos presos. Batom? Bem discreto. Diferente dos olhares de João.

João era moço vivido. Ganhou o mundo cedo. Estudou em colégio de renome. Trabalhou em escritório. Vovó dizia que a cidade grande é dura. Ensina. Mas esse aí não aprendeu nada de bom naquelas bandas, não. Por isso, o regresso. Sapato empoeirado. Barra curta. Paletó amarrotado. Um homem que presta não carrega barba malfeita, nem aquele olhar. Olhar, vovó não ensinou. Cozinhar, sim.

Pães, bolos, confeitos. Na massa, a espera. Nos cortes, os condimentos precisos. Direto da horta. Meu jardim. Nunca liguei para flores. Nunca havia ganhado flores. Nunca é um coçar que não cessa. As flores chegaram na companhia de João.

Noite enfeitada. Porcelanas. Toalha bordada. Talheres novos. Duas taças e um vinho. Não brindamos. A vela agitada desviou a atenção. Janela aberta. Fazia uma lua bonita entre as estrelas. Comparei-a ao sorriso fácil que reluzia da chama. Fogo brando que me conduzia. O forno.

Voltei um tanto acanhada. Receita nova. Cordeiro ao molho de hortelã. Hortelã lembrava bala. Beijo. Meu primeiro foi atrás da paróquia. Aquela língua toda. Aquela boca toda. Ele comia com gosto. Acertei no ponto da carne. Desajeitada diante da gula, desejava. Ah! como desejava. De todos os pecados, a felicidade.

Vovó ensinou que vida é troca. Quanto mais dá, mais recebe. Duvido um pouco. Vai saber. Trocar alegrias é melhor que dúvidas.

Seguimos na nossa troca. Flores. Jantares. Sobremesas, beijos e beijinhos. Adoro beijinho. Melhor que bala de hortelã. Ainda me lembro do cordeiro, a hortelã no jardim. Seu gosto, minha boca. Os olhares. Lágrimas.

As lágrimas foram só minhas. Eu diante de mim, diante do espelho. Reflexo triste. A felicidade dele ao receber a carta. A vida é uma troca rápida, não espera o café. Na manhã seguinte, acertou os detalhes do contrato e partiu apressado. Um novo e promissor emprego. Seu sobrenome na porta. Para mim, apenas João bastava.

Vovó dizia que cidade grande é incerta. Eu acho distante. Cartas e mais cartas. Fotos de um álbum que não se completa. Versos desesperados por um dizer. Nenhum telefonema, telegrama. Nada.

A cidade grande é miúda de gente, de sentimentos. Prefiro me atentar ao crescer da nossa pequena.

Desta vez, vovó ensinou a costurar roupinhas de bebê. Mas esqueceu das agulhas entre os retalhos.

Mandinga

[Sinal da Primeira Aula]

Hoje é dia de educação física. Chutar a bola dura, na cara, nas costas, na barriga. Mais divertido que o jogo de queimada, as meninas ainda desviam. A gente empelota. Semana passada, perdi a tampa do dedão no cimento da quadra. "Descalços" contra "Kichutes". Pisão é pior do que toque no calcanhar. O Julião não sai do meu encalço. Dívida de bolinha de gude. Dez azuizinhas. Hoje sou a caça do recreio. Mas o gorducho não me alcança, nem no pega-pega. Só ficar esperto e evitar a aproximação. A professora disse que a palavra oxítona é uma proparoxítona.

[Sinal da Segunda Aula]

Corre. A quadra. Pera. Para. Mandinga!, Julião ofegante. Parei, descrente. Mesmo à luz do dia, o piso da quadra estava tomado por um marrom escuro. Morcegos mortos forravam toda a extensão do cimentado naquela manhã.

FIDELIDADE DAS ARARAS 27

Amora

A aula sempre terminava com um Pai Nosso. O catecismo foi uma cisma minha, queria provar a hóstia sagrada sem cometer pecado. Nunca soube a diferença entre brincadeira e mentira, esse esconde-esconde de verdades. Depois da palavra de Deus vinha o palavreado dos moleques na beira do mato. "Tomar no cu, arrombado do caralho. Essa aí é minha. Sua mãe! Cheguei primeiro!" A disputa deixava de ser pela amora escurinha e passava a ser pela ofensa.

Briga de rua ficava na rua. Para casa, eu só levava o roxo nos dedos e na língua, a amora esmagada no saquinho. Diferente do restante do mato, os pés de árvore daquele pedaço tinham de dois a três metros, com troncos mais gordos e galhos cheios de folhas. Era possível se aninhar em suas copas emaranhadas pelas ramas dos maracujás-doces.

Com o tempo, reconhecer os vestígios dos adultos passou a ser um jeito da gente proteger o território. Bituca de cigarro, ponta de baseado, camisinha, lata de cerveja, papel higiênico e até seringa. À noite, as trilhas serviam como ponto de consumo de drogas e farra. Daí a ideia das armadilhas.

As arapucas foram adaptadas e espalhadas por diversos trechos das trilhas. Os tocos de bananeiras eram presos no topo das árvores com linha de pesca, que era armada na altura das canelas. Outra tática que inventamos foi esticar as galhadas para ricochetear na cara dos desavisados.

Mesmo trabucados, a coragem dos malandros começava a falhar. Não demorou muito para os de maior se manifestarem nas rodas de fumo, com cortes e arranhões. "É Curupira que está de sacanagem, pregando peça pra cima de malandro". A molecada era só orgulho e as brincadeiras seguiam para dentro da tarde, para a beirada do rio.

A gente mergulhava do barranco, na parte mais funda. Do poço, batia os braços até virar lontra desentocada na quentura da pedra. E foi numa dessas leseiras que a gente viu o Jonas bem louco, com a cara enfiada no saco de cola. O de maior deixou a margem no delírio e caiu pra dentro. Naquele trecho, a correnteza era forte e as pedras escorregadias. Não deu outra, Jonas rodou rio abaixo com o saco de cola na cabeça. Deu a graça dois dias depois, peixeira na cintura e baseado no beiço. "Cacho de banana não afunda, morô?".

E não é que Jonas tinha razão? A descoberta deu início a um vai-e-vem frenético de uma margem para a outra.

Era tudo muito rápido, escolher o cacho, sacar o facão e derrubar a bananeira. Enquanto dois faziam o serviço, um ficava de guarda no barranco e mais dois atravessavam o carregamento. Não precisava de força, era jeito. E jeito, cada um tem o seu.

Naquela tarde, Tonho pegou a Claudinha com força. Do outro lado do barranco dava para ouvir os gemidos. Mão nos peitos, nas coxas, na bunda, até que levantou a saia. Aí se embolaram de vez. Ele só saiu de cima dela depois que o pau amoleceu. Deram um mergulho e ficaram sentados, brisando até o sol baixar. E a gente entocado até de noite para não ser visto. Tomei uma surra ao chegar em casa. Minha mãe desfolhou os galhos do araçá nas minhas costas. As marcas demoraram a curar. Não tinha vídeo game que desse jeito. Era a cara grudada no Enduro e a cabeça solta no mato.

Fugi do castigo no sábado à tarde. O chão ainda estava úmido da chuva, empurrei a Caloi até o pé da árvore. Foi só subir no tronco, para escorregar na própria armadilha. Caí com o braço em cima da roda da bicicleta. Susto e correria. No pronto socorro, o enfermeiro deu uma injeção e improvisou uma tala frouxa no braço direito. Durou uma semana. Aquele verão foi o verão das arapucas, os de menor com pernas e braços engessados. Popularidade medida pelo número de assinaturas no gesso e a quantidade de beijos. Pera, uva, maçã ou salada mista? Há quem prefira amoras.

Minha quarentena

Assim como ontem, observo o escorregador amarelo com sua rampa vermelha. Imóvel. Só que hoje, uma mariposa repousa sobre a rampa. Suas asas escuras insistem em não deslizar. Luta contra a gravidade? Não sei. Também escuto o ranger vagaroso dos balanços azuis com suas correntes recolhidas. Prelúdio de dias difíceis. Passamos de quinhentos mil mortos.

Agasalho colorido

1.

Pensou como nunca. Mas antes, acendeu o primeiro cigarro. 6h30. Café preto na caneca. Da sacada, avistou a multidão de prédios e suas assimetrias iluminadas. Dia apagado. A nuvem do tabaco subia formando uma cortina diante dos olhos, que lacrimejaram. A garganta seca insistia no trago. Um revezamento de cafeína e nicotina para despertar. Maldita ressaca. Todo fim de ano a mesma história. Para tudo existe uma desculpa. Resolveu que inventaria uma das boas para reverter a situação. Pensou nas promessas dos velhos anos. Nas oferendas à rainha do mar. Em meio ao azul, Janaína ficava linda no biquíni amarelo. Só não combinava com ele. Daltônico, só enxergava a rotina. Tanto que ela partiu para o litoral. Ele permaneceu em meio ao cinza. No percurso trânsito-trabalho-trânsito não enxergava a paisagem. Respondia e-mails, trocava mensagens e olhares com os perfis alheios. Janaína o bloqueou. Os dias e suas pernadas rápidas, mal percebia já era escuridão. As noites eram em claro, à luz do monitor, em sites de relacionamentos. Haja rebanhos, cercas, Janaínas, Jéssicas e Rebequinhas. As contas não fecham, os olhos não cerram e os corações não se juntam. O tempo não corria no seu ritmo. Cigarros não preenchem vazios.

2.

Fugiu como sempre. Acendeu o segundo cigarro. 7h30. Mochila nas costas. Nas pernas, a pressa. A linha vermelha do metrô atravancada. Estranhou. O telefone da Janaína, caixa postal. Enquanto se aglomerava na primeira plataforma, só pensava no biquíni amarelo, no mar. Os apressados transbordavam para além das escadarias. A onda de lamentos só aumentava. De celulares em punho, filmavam a desgraça. Toda semana a mesma história, a reunião, o atraso. Para tudo existe uma desculpa. Resolveu que inventaria uma das piores para sair daquela situação. O velho suicida engolido pelos novos tempos. Seus pedaços reduzidos à memória de todos na estação. Daria um bom filme. Janaína odiava esse tipo de thriller, a cor do sofá e o metrô. No percurso trânsito-trabalho-trânsito, enxergava o caos. Respondia e-mails, trocava mensagens e se alegrava por dentro com a gagueira do ambulante na tentativa de vender não se entende o quê. A vida é um grande stand up. Só que a gente que é a piada, ria Janaína. Ela tinha um baita senso de humor. Diferente dos colegas de departamento e suas reuniões intermináveis. Precisava ir ao banheiro. Passou uma água na cara. Diante do espelho se deu conta dos dias obscuros. Chocolate quente é melhor que frase de autoajuda. Pensou, ao apertar o botão da máquina de café.

3.

Mudou como nunca. Mas antes se jogou nas manchas do sofá salmão. 20h30. A parada não estava legal. Nada de interessante na TV. Acendeu mais um cigarro. Na sala, o calendário em reprise. Precisava zapear. Canal 01: Reality Show – Cozinha, Canal 04: Reality Show – Reforma, Canal 03: Reality Show – Moda, Canal 05: Reality Show – Natureba. Janaína se mudou para a praia em outubro. Agora ele precisava sintonizar a vida. Tudo começou com o cigarro. Um hábito que leva a outro, a mais outros, e que não traz a pessoa amada de volta, muito menos em três dias. Empurrava o término com a barriga. Janaína estava de seis meses quando ele descobriu. Um amigo em comum confidenciou. Para tudo existe uma desculpa. Ele preferiu não inventar mais nenhuma. Todo aquele pesar de consciência era só dela.

4.

Refletiu. 8h00. No percurso trânsito-trabalho-trânsito, incluiu um parque. Um pouco de verde. Agasalhos coloridos o ultrapassaram em passadas ligeiras, mas sem a sua pressa. O mundo fluía desapressado para os sujeitos rápidos. Será mais um desaviso? Verificou o relógio. Atrasado. E tranquilo desta vez. Resolveu não acender o cigarro.

5.

Como sempre. A reunião já havia começado. 9h30. Café e água no centro da mesa. Da cadeira avistou a nebulosa. Um roía as unhas, a outra, puxava os fios de cabelo, arrancando-os um a um. Celebração tensa, orquestrada pelos berros do chefe, cada vez mais baixos, mais ao longe. Acordou com uma luz bem clara. No lugar dos paletós, jalecos. A sala não era a de reunião. Maldito acesso. Essa história de internação era nova. Gastrite. Deve ser a gastrite. Para tudo existe uma desculpa. Resolveu que escutaria os conselhos do médico. Já não respondia mensagens, trocava poucas palavras com os colegas de quarto. A princípio, infarto ou um surto de stress. Teria que retornar para novos exames. Uma semana depois, no percurso hospital-casa só tinha olhos para a paisagem. Ainda se lembrava do sujeito rápido, mas sem pressa. Dos agasalhos coloridos. O médico proibiu os cigarros. Comeu um mingau de aveia e dormiu.

6.

Correu. Mas antes, matriculou-se numa academia. 5h30. Nunca acordou tão cedo, tão disposto. Na primeira aula, aprendeu a ligar a esteira. O treino não passou de 10 minutos. Maldito fôlego. O tempo é mais lento quando se está correndo. Não voltou no dia seguinte. Dores nas pernas. Falta de tempo. Indisposição. Para tudo existe uma desculpa. Retornou somente dali a três semanas. Olhou para a esteira. Já sabia ligar. Já sabia que não seria fácil. Correr exige pernas ágeis e pensamentos tranquilos.

O segredo está na respiração. Segurou a ansiedade. 15 minutos. Para tudo existe uma desculpa. Retornou no dia seguinte. Nas semanas seguintes. Perdeu a noção de tempo e os quilos em excesso. Já se encarava diferente. O percurso trânsito-trabalho-trânsito era mais sereno. Respondia e-mails, trocava mensagens e ainda sofria. Mas, agora, apenas em horário comercial. Tudo bem, a lembrança do último encontro com Janaína ainda doía.

7.

Como nunca. 18h30. Vestiu o seu agasalho colorido e seguiu rápido, mas sem pressa. Depois de cinco anos, o corpo se acostuma, e toda desculpa é válida para treinar. A planilha apontava 30 minutos de treino leve. Ao desviar de uma criança, avistou Janaína. O relógio disparou o alarme. Frequência cardíaca acima do normal. Mesmo assim, insistiu na passada, aumentou o ritmo e partiu. Ela não o reconheceu. Mas não dava para negar, o menino era a sua cara.

O grito de Edvard

Descalço em meio aos carros, o homem vem com pressa. Carros desviam, buzinam, nada o afronta, segue decidido contra os faróis. Caminhões, motos e ônibus em ziguezague. Tudo é grito. Passadas frenéticas ao encontro sabe lá com que Deus. Escuto os timbres urgentes das sirenes em resgate de outra alma desgarrada qualquer. A deste homem prossegue presa ao corpo apavorado. A mochila do rapaz à minha frente ocupa boa parte da visão. De onde estou, neste horário, até o ar é disputado. Penso no desespero do homem no meio do trânsito, que agora reduz a marcha. Seu pânico toma conta do meu. Nossos gritos emoldurados. Van Goghs e orelhas silenciadas por *headphones* não dariam a mínima. Seguimos cada qual o seu destino, clamando por um socorro que não vem. De súbito, a dúvida cedeu lugar à notícia que chega pela janela do cobrador: o homem percebera que o jovem atropelado há alguns minutos na altura da Estação da Luz se parece muito com Vincent. Um jovem promissor que herdou o talento do pai pelos pincéis, e os trocou por um cachimbo de crack.

Gastou-se

Devem ter sido as sacas de café, extraídas das árvores centenárias, formando grandes lençóis verde-bandeira sobre o vale. Nosso ouro era negro. Do mesmo negro que colhia os frutos vermelhos, o mesmo negro que forrava os terreiros e varria a secagem. O mesmo negro que torrava os grãos e carregava as sacas. Quarenta e oito quilos torrados. Direto do lombo para milhares de xícaras. Coado, para a manhã dos desprovidos. Expresso, para o entardecer dos alinhados. Mas isso é passado. Antepassado. Meu lombo nunca carregou ninguém. Minto. Já carreguei gente beirando maus bocados. Perdi a conta de quantos cafés já apreciei sem o mínimo de paladar. Mineiros, baianos, cariocas e paulistas. Negros degustados sem a menor etiqueta.

Pensando bem, devem ter sido as malas de viagem. Na minha idade, o mundo deveria caber num passaporte. Ingênuos. Com apenas algumas onças, um carregador de malas conhece somente a fauna e a flora local. O reclame diz que temos a maior biodiversidade do planeta. Duvido. Uma volta pelo meu mundo e você percebe que nada é diverso nesta esfera, tudo é plano e finito.

Etiquetas de voos, números do quarto, toda formalidade tem destino. Pós-expediente no hotel, sou mais um apreciador das paisagens grotescas. No meu mundo, as pessoas passam mais de duas horas de seus dias em transportes coletivos, percorrendo uma distância que não chega a vinte e cinco quilômetros. Enquanto isso, no mundo das manchetes, um jato particular consegue dar uma volta ao redor do planeta em pouco mais de quarenta horas. A gravidade por aqui é mais densa que a dos jornais.

Falta ar. O pulmão não aceita mais tamanha displicência. Pelo televisor, o doutor celebridade diz que o pulmão aberto tem o tamanho de uma quadra de tênis. Coitado, não sabe que tais jogos são para grã-finos? Aos esdrúxulos, resta o ofegar diante do cobrador. O suar da laje batida. O aperto no vigésimo oitavo dia do mês. Sonhamos, sim, com os espaçosos cento e trinta metros de IPTU. Onde já se viu? Um apartamento com sacada gourmet entre minhas costelas? Pra cima de mim, doutor?

Sou todo armário: um e setenta e oito de altura. Dei sorte. Se dependesse do meu pai, não passaria de um metro e meio. Estou com noventa e seis quilos. Faço exercícios sem a menor regularidade. A enfermeira não ri. A pressão está treze por sete, ela disse que está boa para a idade. Os batimentos cardíacos estão em oitenta e oito por minuto. Isso em repouso. Faz duas semanas que não levanto da cama. Tirando os triglicerídeos, o check-up estava excelente. Pelos exames, poderia levantar e andar por cima das águas. "Meu santo tá cansado"- a voz rouca do radinho se espalha pelo consultório.

O médico cabeludo, que não é celebridade, diz que desta vez é a coluna. Gastou-se. A cirurgia fica em cinquenta mil reais. Minha lombar não tem plano de saúde. Por essas bandas, o café é requentado e amargo.

Você lê?

[O bilhete]

Estou pedindo uma ajuda para comprar arroz e feijão para mim e para três irmãos menores, quem puder me ajudar agradeço, minha mãe está desempregada e meu pai é falecido, mas nem por isso vou sair metendo a mão no bolso de uma mãe ou de um pai de família, 5 centavos ou 10 centavos, uma bolacha ou um lanche já ajuda.

Deus lê pague!

[O passageiro]

Dia inteiro em pé, num aguento mais essa sufocaiada, mas na quinta estação, Sé, a velha levanta. Levanta, levanta, levanta. Isso! Bem na minha vez! Ainda bem que pararam com aquelas musiquinhas chatas. Esse negócio tá cheio de ambulantes. Só tranqueira de Vinte e Cinco de Março. Empresariado precário. Putz! Já é dia vinte e oito. Logo vêm os pedintes. Todo fim de mês, a mesma ladainha. Tá vendo! Só em pensar, esses cachorros magros farejam. Não, não, não, não! Mais rápido que meu sinal. Papelzinho no joelho direito. Nunca li essas merdas. Pilantras. Vai carpir um roçado. Encher uma laje. Estudei, pós-graduei. Pra quê? Para dividir esse ar contaminado, todo santo dia. Qual a boa de hoje? Câncer, desemprego ou "melhor-pedir-do-que-roubar". Se ainda fosse um horóscopo.

[A velha]

Lá vem outro. Esse é novo. Deve ser de outro horário ou de outra linha. Será? Esses meninos. Nasceram na rua e vão morrer na rua. Droga ou tiro. Mas tiro é para os corajosos, os covardinhos ficam nessa aí de pedir. Você dá um pedaço de pão e o desgraçado ri da sua cara. Dissimulado. É a droga. A maldita da pedra. Ficam garimpando no lixo, mendigando nos vagões para fumar droga. Benza Deus! Ele lembra o filho da Val, tão novo e já um fiapo só. E a Val trabalha tanto, tanto, tanto e as crianças tudo pra rua. Quero ver agora sem pai. Tudo solto. Espia só. Mal passa e já engarrancha o bilhetinho na gente.

[O Segurança]

Cadê o moleque? Nunca vi isso, comprar o bilhete, atravessar a catraca e ainda pedir. Deve ser bilhete roubado. Saltam de um vagão para outro. Eu mesmo, outro dia, esfolei um vendedor de capinha na Estação Santana. Bem arrumado, até pintou uma dúvida. Igual esse aí. Nem carece, deve tá só de onda, na poesia. Farra de internet. Essas porras vendem até mãe pra puteiro. Ah! Ele ali. Um. Dois. Três. Opa! Opa! Opa! Vem na boa! Opa!

[O menino]

Deus existiu mesmo? É que todo mundo diz: Deus lê pague! Pagar como? Eu ajudo, ajudo, ajudo e nunca tá bom. Será que Ele também castiga? Mamãe sempre falou que mentir é pecado. Pecado foi o que papai fez com a Tia Jú. Vi bem como ela se aventava por cima dele. Até risada dava. Será que foi por isso que ele morreu? Deus castigou ele? Sempre que eu buscava cigarro na venda, ele falava **para ficar com o troco. Deus lê pague!** Viu só no que deu? Acho bonito dizer Deus lê pague! O pessoal nem dá atenção. Só três reais até agora. Já dá pra pegar pão. Quem sabe a Dona Val se alegra quando chegar do serviço. Mãe merece, três meses sem a patroa dela mexer na carteira.

Nossa, cinco reais!

Deus lê pague, senhora!

Peraí, Peraí!

Seu moço! Seu moço!

Pera! Solta! Solta!

Heranças de Antônio

Minha playlist nunca fez sucesso. Não é do tipo "estoura pista", em que a galera pipoca. Adoro pipoca e festa. Meu pai, não. Herdei o gosto pela música. Diferente do dele. Outras épocas, outros hits. Embora ligado na memória, falta em meu repertório um "parabéns pra você". Mas lembro bem do seu último presente. Há mais de duas décadas, a entrega de um violão que preservo até hoje. De segunda ou terceira mão. Dizem que pertenceu a um virtuoso artista que, num lapso de lucidez, optou por abandonar a carreira. Eu deixaria o romantismo de lado, estava mais para um viciado em busca de alguns trocados. A verdade é que já não dedilho suas velhas cordas.

Meu pai adorava um cafezinho de rua e a prosa despretensiosa. Carrego comigo algumas de suas despretensões. Quando casei, fiz questão de adquirir uma pequena máquina de expresso, mas o café ele nunca provou. Partiu sem visitar minha casa. Preferia os encontros ao acaso. A rua. O café requentado no coador.

Das pescarias de infância, guardo boas marés. Férias, tios, primos, o mar até a cintura e um mundo a percorrer de braçadas. Naquela época, a vida parecia azul. Não eram apenas as gargalhadas e os boatos pueris que empolgavam os velhos pescadores. A barriga crescida fora do casamento, uma gestação que avançava nos meses e apressava o fim da vida conjugal com minha mãe. Com o tempo, percebi que pequenos exageros tornam-se definitivos e os distanciamentos, inevitáveis.

No quintal do velho sobrado, ainda era possível encontrar linhas embaraçadas e um ou outro anzol enferrujado, à espera da próxima pescaria que nunca chegou.

Ainda hoje, quando vejo o mar, acabo por mergulhar em águas profundas. Criatura marinha em busca de ar, da areia avermelhada, do anzol enferrujado. Embaraço-me.

Nosso último encontro foi inusitado, a preocupação com o azar das marés. Meu pai achava que cedo ou tarde os poluentes colocariam fim à sua pescaria. O futuro, essa embarcação à deriva.

Lembro-me da nossa última viagem. No ônibus. Viagem a negócios. Só eu, ele e uma estrada inteira pela frente. "Todo homem, cedo ou tarde, deve aprender a pescar seus próprios peixes.", o velho e suas frases feitas. Fui buscar minhas iscas na cidade grande.

Em São Paulo, entre uma mordida e outra num pão com mortadela, meu pai deixou escapar algumas migalhas da sua infância vazia de caprichos. A vida e seus pesos.

Foi ali, no Mercadão, que aprendeu a carregar seus primeiros pesares e as muitas sacas de frutas.

Durante a viagem, investi todo o meu pouco dinheiro em óculos escuros. Aos dezesseis anos, encarei as areias quentes e a rotina puxada. Enquanto o sol começava a se levantar, eu já estava na orla, aliviando as vistas cansadas da paisagem. Desde cedo, aprendi o valor do trabalho. E mais tarde, a valorizar a vida. O mesmo astro que revela os contornos das montanhas e alegra os banhistas pela manhã também encerra o futebol ao cair da noite.

Acompanho a bola rebatida na areia. A vida e suas faltas, cobranças. Você na marca do pênalti, depende muito do jeito que bate, do que cada um defende. Apesar das diferenças, compartilhamos o amor ao Timão e a dor do clássico que nunca fomos assistir. Gol sem grito.

Não, não tenho sequer uma foto sua. Na carteira, apenas a CNH, um cartão de banco e alguns trocados. Acredito que a hereditariedade seja um amontoado de recordações.

Enfeites

Botas cheias de terra em meio aos guarda-chuvas ensopados. As margaridas andam um tanto murchas. Na mesa, farelos, duas xícaras e uma borra. O converseiro prossegue. Falta cadeira e sobra pé. Num quarto, um berço coberto com mosquiteiro. Noutro, cama de casal do jeitinho que levantaram. O guarda-roupa ainda guarda um terno, banhado de água benta e meia dúzia de reza. Sobra do casamento. No corredor, retratos de gente velha e um susto. Da Brasilit, uma gota. Depois mais outra, bem no vão do pé. E esse mormaço de quintal de terra, de varal farpado, de rua toda enfiada no beiral. Cheinha de terços. Mas carecia de mais vela para apagar a tristeza. E uma oração decente. Tão decente quanto os enfeites desse caixãozinho branco, bem no meio da sala.

Agosto

"Meu Santo Expedito das causas justas e urgentes,
socorrei-me nesta hora de aflição e desespero."

Esse é o diagnóstico. Lamento, amor. Sentenciei sílaba a sílaba e deixei o quarto. Seco, na inexperiência com notícias ruins. Rejeitei o abraço. Rejeitei o destino. Rejeitei o último gole de água no fundo do copo. A pia toda encharcada. Impressionante, um descuido e a gordura se infiltra na esponja. Esfrego o rosto no ombro na tentativa de estancar a gravidade com a manga da camiseta.

"Vós que sois um santo guerreiro.
Vós que sois o santo dos aflitos."

Seco a louça e retorno ao quarto. Por mais rápido que as pronunciem, as palavras espetam lentamente a carne ainda viva, a memória ainda que dilacerada. Respondi à vida assim, agulhando os verbos para ver se não machucava. Não tem jeito, machuca. Toda oração é subordinada. Tem destino.

"Vós que sois o santo dos desesperados,

Vós que sois o santo das causas urgentes."

O médico já agendou a cirurgia. Lamento, amor. Sempre fomos de enfrentar. As profundezas dos fossos e a vertigem das elevações. Sempre fomos da resistência. Diante de um mundo de gaiolas, fomos ninhos. Diante das mazelas rotineiras, fomos convalescentes. Agora, na velhice, a certeza, a pressa. Nossa prece, entendeu?, tem pressa.

"Protegei-me,

ajudai-me."

Regressamos ao litoral após uma crise severa. Reclusão foi o antídoto para os nossos excessos de cidade. Água e sal em conta-gotas diários. Contar os passos era fácil. Difícil mesmo era prosseguir em meio aos farelos de existência. Areia de praia é isso, um acúmulo de poeira banhado pelas fases lunares. Um eterno ir e vir. Tudo que vai uma hora não volta.

"Dai-me força,

coragem e serenidade."

O não nunca planejado. Nossa fraqueza vinha da preferência pelo sim. A insistência pelo sim. A crença pelo sim. Lamento, amor. Gostaria de ditar notícias positivas. O prêmio. A expansão dos negócios. A viagem. A casa nova. O sorriso do bebê. A família reunida. O nosso aniversário.

"Atendei ao meu pedido.

Ajudai-me a superar estas horas difíceis."

Venho em nome de um Deus que duvido existir, mas que acredito nos unir. Venho em nome da inspiração e decepção fecundas em nós. Venho em nome do sobrenome que carregamos por décadas sem saber ao certo a origem, a nossa linhagem. Venho pronunciar o fim em meio à descoberta.

"Protegei-me de todos que possam me prejudicar."

Suporte cada dia, até que todas as manhãs forneçam consciência. Aceite os afetos com admiração. A vida é curta para vaidades. Pensamentos escapam, eu sei. Tantos ideais. Tantos planos e juras. Juro. Juro pelo que há de mais profano, emoções não seguem regras.

"Protegei a minha família,

Devolvei-me a paz e a tranquilidade."

Eu sei, desabafos nem sempre são bem colocados. Mas as palavras se cumprem. Você sabe. Cúmplices. Vogais e consoantes que se redefinem no marasmo do alfabeto. É hora de nos ressignificarmos. Rasgar os exames e nos abster das análises laboratoriais. Vamos seguir sem a certeza da próxima pesca, do último banho de mar ou da mesa rodeada de conversa. Por mais preventiva que possa parecer a medicina, nada, absolutamente nada, previne acasos.

"Serei grato pelo resto de minha vida e
levarei seu nome a todos que têm fé."

A desventura nos levou a este quarto, aos anos de convívio, todo esse abrir e fechar de janelas, o advento das multiplicações moleculares, a ovulação infecunda e o que mais veio antes do antes. Tudo é mera casualidade. Engano pensar o contrário. A busca por explicações genéticas, análises empíricas ou mapeamento das estruturas anatômicas apenas comprovam a irracionalidade da existência.

"Santo Expedito, rogai por nós."

A desgraça me trouxe até aqui, me fez mensageiro de mau agouro. Só pode ser isso. Nenhuma explicação convence. Desculpas não me abstraem da sina. Você recebeu a pior notícia da sua vida dos meus lábios. Tumoração úlcero infiltrativa do corpo gástrico alto. Lamento, amor. Nunca acreditei em inferno ou mapa astral. Mas não consigo engolir agosto.

"Amém."

Caçada

Sete, quatro ou oito horas? Perderam a conta. A neve densa dificultava as passadas. Por mais próximos que parecessem estar da fumaça, o ar rarefeito embaralhava a orientação, a falta de oxigênio os distanciava. Era para ser uma tentativa de resgate da relação. Montanha. Neve. Lareira. Esqui. Agora, todo aquele branco incomodava. Calados, seguiam em peregrinação. O vento gélido ganhava força. As narinas ardiam. Já não sentiam os próprios pés. A intuição palpitava. Um diálogo bastava. Mas diálogos nem sempre são bons. A última discussão foi diferente. Uma conversa franca, sem nuances no tom de voz ou agressões verbais. Uma frieza digna das grandes decepções. O amor havia partido naquela manhã. Mesmo assim, por consideração ou um resquício de companheirismo, foram ao passeio já pago.

Naquela época do ano, de uma hora para outra, o sol dava lugar a uma forte nevasca. A morte é questão de tempo? Nunca se sabe. A certeza era que o resgate não chegaria pelo céu. Resolveram se separar do grupo e seguir pelas encostas. Só os dois, rumo ao desconhecido.

A neve começava a aumentar a insegurança. Em meio à paisagem antes deslumbrante, nada além do branco glacial que queimava as retinas. Foi quando avistaram a fumaça ao longe. Recobraram o fôlego e seguiram por mais algumas horas. Ao se aproximarem, logo perceberam se tratar de uma pequena fogueira. O cheiro da caça recém--assada. Um acampamento de resgate? Caçadores? Uma cabana. Apertaram os passos em direção às vozes, a reunião parecia animada. O humor é realmente contagiante. A menos de trinta metros da porta, os dois trocaram um último sorriso. O sorriso espontâneo e amistoso dos primeiros encontros. Foi então que ele percebeu o filete de sangue escorrendo por entre os dentes do seu amado. As flechadas vieram pelas costas.

Sonho arrastado

Onde já se viu indigente pagar imposto? Isso não é certo. Mas o que é certo nessa vida? Até a morte é golpe de sorte. Digo morte morrida, de graça, sem culpa. Outro dia, sonhei que tinha morrido afogado. Acordei com uma urinada de playboy. Na cidade grande, mendigo é moita.

Fazia dez graus naquele início de noite. Enquanto caminho para o boteco, reclamo do Altair, um colega de trabalho caloteiro. Puxar o saco ou o tapete é questão de oportunidade. Agora, mais essa, um mendigo arrastando o seu colchão pelas ruas do bairro. Uma mistura de pesadelo com um viés de sonambulismo. Mais parece um caramujo de casco partido em busca de morada. Olha só, o cobertor puído sobre a carcaça, a corda sendo puxada pelos ombros. Vi quando o sujeito se atirou sobre o pedaço de espuma, como quem se aconchega num bloco de nuvens. O happy hour dele me tornou um tanto infeliz. Desisti do boteco.

Cheguei em São Paulo como a maioria. Encontrei só o cimento armado e frieza ofuscada pelos luminosos. Promessa fácil é sinônimo de vida difícil. Aquele homem e seu colchão. Vista indesejável. Como a maioria dos sonhos que desembarcam na rodoviária do Tietê. Meu saudosismo partiu há tempos.

Ninguém nasce na contramão. A noite será fria. Não esquenta a cabeça, minha mulher pede enquanto brinda com a taça de vinho português. Coisa de colonizado. Atendo com um sorriso falso. Estava cansado da conversa. A verdade é que aquele colchão era uma afeição de minha vida. Macio, aconchegante e pesado. Na capital econômica, tudo tem seu preço. Acordo no meio da noite. Dores nas costas. Cama nova. A reforma custou caro. A casa consumiu a maior parte do meu dinheiro nos últimos tempos, e é justamente onde passo a menor parte do meu tempo.

Prefiro minha cadeira de gerente. Sou homem de poucos caprichos e muito trabalho. Entrei para a empresa ainda jovem. Era inverno, vender manta parecia fácil. Chegou o verão, as vendas caíram. Antes que eu caísse fora, alocaram-me no setor de ar-condicionado, fui promovido. No varejo, não pode moscar. Boa aparência, boa conversa e logo você está numa boa. O cargo de gerente foi questão de tempo e muita lábia. Felicidade em doze vezes sem juros. Hipocrisia à prestação e inveja da vizinhança entregue em quinze dias. Horário a combinar.

Sou firmeza, mas cumprimento com mão mole. A falta de classe garante pagamento. Único advento que resta de um moribundo é o nome. Pobre paga em dia. Independente de onde passará a noite. Barraco ou casa alugada. O que vale é o nome. Diz aí. Você já perguntou o nome de um viciado, pedinte ou morador de rua? É tudo o mesmo cheiro.

Minha mulher pediu o divórcio. Disse que não aguenta mais minha cachaçada. Toda noite é aquela briga. Fico no sofá reformado. Falar a verdade, até prefiro, melhor que a cama nova. Não acostumo.

A loira ficou louca pelo armário. Aglomerado. Banquei as prestações. Achei que compensava. Deu a louca no gerente? Ela ria gostoso. Endoidei. Larguei a esposa com a casa e tudo. Fui parar no puxadinho. Mas não era o único inquilino. O bairro todo conhecia cada cômodo. Quarto, cozinha e banheiro. Fomos felizes até eu encontrar a cueca no armário. Não era o meu número. Não era o meu cheiro. Não era minha. Naquele dia, saí mais cedo do trabalho. Não aguentei. Deu a louca no gerente! Fui parando de bar em bar, até não restar um centavo nos bolsos. Nunca mais dormi em cama. Nunca mais voltei ao trabalho. Mendigo é sombra de viaduto. Ninguém repara em nome ou sobrenome. Fazia frio, naquele início de noite. Eu me enrolei num cobertor puído e saí arrastando meus pesadelos.

Vi quando o Altair atravessou a rua apressado. Ainda bem que não me reconheceu. Meu ex-colega de trabalho

FIDELIDADE DAS ARARAS 65

me mataria depois de tanto tempo. Eu me joguei sobre o pedaço de espuma como quem se aconchega num bloco de nuvens.

Às moscas

— Desculpa, moça.

— Imagina. Tudo bem.

Vestiu as calças. Fechou a braguilha. O cinto um furo a menos. Ao agachar, o barulho, alto, esdrúxulo e frouxo. Escapulida acompanhada de um silêncio constrangedor.

— O cadarço desamarrado.

— Acontece.

Mão ao nariz. Além da sonoridade, a flatulência despertou as células olfativas. Um odor fétido e tardio se instaurou no cubículo de avaliação física.

Os 3x3 metros, sem janelas ou ventilação, tornaram-se insalubres. Faltou ar, faltou clima.

— Como está sua alimentação?

— Não tá lá essas coisas. Percebe?

— Sim. Sim.

— Desculpa, o cadarço.

— Fica tranquilo, acontece com frequência.

— Sério?

A cólica aumentou. Era questão de tempo para a próxima onda. Mais fétida, mais pesada, mais volumosa, mais um minuto e já era.

— Licença.

— Amanhã, mesmo horário? E vê se traz uma bermuda!

Seguiu para o vestiário.

Aliviou-se. Mas não lavou as mãos.

Na volta, avistou o salão repleto de aparelhos espartanos e espelhos, muitos espelhos.

Nenhum narciso. Deve ser o horário, refletiu.

Reflexão não era seu forte. Nem flexões. Nunca foi de praticar esportes. Jogos? Só de cartas. Aprendeu cacheta, buraco, truco, tranca e a trapacear com a avó. E, pelo naipe, a matrícula na academia era mais um blefe. Não iria demorar muito para a notícia se espalhar.

Após o falecimento da avó, sepultara junto os segredos dos carteados clandestinos. Para compensar a perda, passou a guardar tudo que ganhava. Cédulas antigas, panfletos de plano de saúde, ímãs de clínicas odontológicas, cartazes de amarração, placas de compra e venda de ouro, guardanapos, sachês de maionese, caixas de pizza, fósforos, garrafas pet, hashis de delivery japonês, cotonetes, recorte de jornais, papeis higiênicos, mesmo os usados, embalagens de sabonetes, fitas de presentes, papel toalha, cruzadinhas, revistas em quadrinhos, receitas culinárias, fitas cassetes, grampeadores, lápis de cor, rolhas de vinhos, bonés, capas de chuva, copos descartáveis, comprovantes de pagamento, recibos lotéricos, cartões telefônicos, carregadores de celular, palitos de dentes, pulseiras de relógio, botões, frascos de perfumes, cremes hidratantes, secadores de cabelo, pijamas, meias de lã, mochilas, blocos de anotações, sacolas plásticas, calendários, agendas telefônicas, bitucas de cigarro, desodorantes para os pés, cuecas sem elástico, lenços umedecidos, cartuchos de impressoras, quebra-cabeças, vinis, latas de conservas, jogos de tabuleiros, pendrives, contas vencidas, peças de xadrez, canetas esferográficas, tupperwares, lâmpadas, canhotos de cheques, pôsteres de locadora, resultados de exames clínicos, históricos escolares, certificados de cursos à distância, atestados médicos.

Enclausurado, o flatulento fez da sua morada um habitat hostil e seguro. Protegido por pilhas e pilhas de entulhos que incluíam chaveiros, bichos de pelúcia e cartões de visita. Depois que tudo começou, já não abria a porta para mais ninguém.

Fazia uma semana que a goiabeira carregada de frutos havia sucumbido a uma chuva torrencial. A queda danificou o muro. Incomodado com a divisa e enjoado das compotas adocicadas da esposa, o vizinho resolveu tomar uma providência. Após insistentes telefonemas e um silêncio além do normal no velho sobrado, bateu um pressentimento.

Uma atitude enérgica era necessária. Decidiu invadir a casa pelos fundos. Forçou a janela sem sucesso. O jeito seria arrombar a porta principal com um pé de cabra. Não precisou de muito esforço para romper as fragilizadas folhas de madeiras. Não precisou mais do que um passo para perceber que acabara de afundar as botinas até o talo num embusteiro só. Caixas, sacos plásticos e tudo mais que pudesse imaginar. Difícil distinguir paredes, teto e assoalho.

Após algumas investidas contra o paredão de caixas, conseguiu chegar ao cômodo seguinte, uma espécie de quarto, tomado por livros, sacos de roupas e toalhas mofadas. Foi quando o encontrou, desacordado, em meio às revistas de sacanagem.

O flatulento se encontrava às moscas.

Devido ao acúmulo de alimentos em deterioração, os insetos espalharam-se por toda a casa. Alimentar as moscas com dejetos não só tornava seus dias menos monótonos como a caçada o divertia. Seu alvo eram os casais em copulação. Embora tenha se mostrado um método um tanto excêntrico e ineficaz de controle populacional, passava as tardes testando seus reflexos com uma raquete elétrica. O estalo das dípteras em coito gerava um prazer compulsivo mais excitante que o estouro de plástico bolha.

— O ato sexual dos insetos vem acompanhado de orgasmos?

Para a curiosidade, recorria às centenas de periódicos científicos espalhados do banheiro à cozinha. Durante uma dessas buscas, descobriu que pesquisadores de Israel estudavam moscas viciadas em orgasmos para tratamento de dependentes químicos. Sim, moscas ejaculam com mais frequência que seres humanos. E quer saber mais? Segundo a pesquisa publicada no *Current Biology*, os cientistas concluíram que a dependência química pode ser moderada por outras recompensas – não necessariamente de natureza sexual – como interações sociais ou esportes.

— Bem, se funciona com dependentes químicos e moscas, imagino algum resultado com acumuladores compulsivos. Afinal, vício é vício. Uma hora você também encontra o seu.

Resolveu bater uma punheta e testar a descoberta. O esforço excessivo veio acompanhado de uma parada respiratória. O vizinho chegou ao quarto minutos depois. Percebendo a urgência da situação, iniciou o procedimento de respiração boca a boca no flatulento descordado, ainda com o pênis em mãos.

A vizinhança foi convocada para uma reunião extraordinária. Por unanimidade, votaram por uma arrecadação coletiva. Contrataram uma empresa especializada em retirada de entulhos. Foram oito caçambas e uma semana de trabalho intensivo para controle de pragas urbanas.

Após o susto e algumas sessões de terapia, o flatulento começou a retomar as interações sociais e frequentar lugares públicos, ainda que ambientes com baixo fluxo de pessoas. Uma vez que a masturbação não surtiu efeito, direcionou suas investidas ao esporte. Depois de consultar um artigo duvidoso em uma dessas revistas fitness, ficou fascinado com a descoberta de que a prática regular de exercícios físicos auxilia na produção de endorfina, um neurotransmissor que atua diretamente no sistema nervoso central e promove reações químicas recompensadoras, combatendo o stress e ajudando na reabilitação de tabagistas e alcoólatras.

— Bem, se funciona com botequeiros.

Bastou um gole para uma nova parada respiratória. Após cinco minutos de aquecimento na bicicleta ergométrica, inventou de consumir isotônico enquanto aumentava a velocidade das pedaladas. O contato do líquido gelado com a laringe resultou no fechamento involuntário da epiglote, provocando um sufocar semelhante a um afogamento. Roxeou-se.

Por instinto, a personal trainer iniciou os procedimentos de primeiros socorros até a chegada da ambulância. Apesar da semelhança ao acasalamento das moscas, a manobra de Heimlich não surtiu o efeito desejado. A agonia só chegou ao fim com o estalar das descargas elétricas do desfibrilador em seu tórax.

Paribar

Dia dos Namorados só não é mais caótico que Dia das Mães. Otaviano nunca passou por isso. A mãe morreu cedo. Marta nunca quis filhos. Toda moderninha. Mas não abria mão das datas comemorativas. Mais pela comemoração do que pela data.

O casal não perdia um pilequinho, animados, sobrava conversa. Otaviano era o romântico dos amigos. Embora achasse o título um exagero. Para todos à sua volta parecia o máximo. Um bando de repugnantes, pensou Otaviano ao desembarcar do ônibus próximo à Praça Dom José Gaspar.

Marta o esperava com uma sacola de grife envolvendo a gola em V, preta. Presente previsível, já o ponto de encontro duvidoso. No lugar da cama redonda, mesas retangulares. A parede com grandes espelhos enquadrava recortes fotográficos em preto e branco, década de cinquenta. O ambiente, ainda que voyerista, tocava "Gimme Shelter" no lugar de "Sexual Healing".

Stones, massa e chope. Enquanto o pedido não chegava, solicitaram a senha do wi-fi: paribarclientes – tudo em

FIDELIDADE DAS ARARAS 75

caixa baixa. De ouvido, as duas pessoas da mesa ao lado sacam os seus smartphones, digitam a senha e começam a interagir freneticamente. Às vezes, trocar memes pode ser mais divertido que palavras. Otaviano, em silêncio, gesticulava para a garçonete, uma togolesa de sorriso fácil e comunicação difícil, ainda não familiarizada com o idioma e muito menos com o cardápio.

Paribar fica num oásis boêmio no centro de São Paulo. Entre mendigos e escritórios de contabilidade, a noite ao redor da Biblioteca Mário de Andrade é democrática e digna da mais sábia embriaguez.

A mesa mais disputada do Paribar é a da quina central do pequeno salão, ocupada pelos enamorados. Um loiro de camisa xadrez, cabelo curto e barba longa e um latino de camisa branca e paletó bem alinhado. O amaço era regado a gim tônica.

Marta voltou seu olhar ao Otaviano, lembrava-se dos primeiros encontros, as transas de verão no banco traseiro do carro sem ar-condicionado. "Samba e amor", do velho Chico, anunciando as manhãs ensolaradas. A noite estava apenas começando e o chopp fazendo efeito. Otaviano desviou da pilastra e desceu a estreita escada em direção ao banheiro. Entrou na cozinha. O banheiro é à direita, esbravejaram. Otaviano revelou que preferia a esquerda, abrindo sua braguilha ali mesmo. Pegaram o revolucionário distraído em meio a risos e o conduziram ao mictório. Remédios para depressão não devem ser ministrados com álcool.

Marta pediu outro chopp, IPA para experimentar. "God save the queen", nas caixas de som quando uma femme fatale adentrou o salão sob o olhar de todos. Casaco, minissaia e arrastão. Marta logo se ligou. A ruiva foi direto ao balcão. Bloody Mary. Tomate evita câncer de próstata, meu lindo – dirigiu-se ao barman com uma piscadela. Antigos conhecidos.

O barman tinha como trunfo o drink "O Velho e o Mar", bebida à base de rum, inspirado no clássico da literatura. Otaviano adorava o best-seller e foi o primeiro drink que pediu, assim que retornou do banheiro. "O Velho e o Mar" chegou acompanhado de olhares sarcásticos. O drink estava excelente, forte e marcante. Mas Hemingway reprovaria a taça e o limãozinho à beira do copo. O escritor era avesso aos enfeites. Um Dry Martini estaria de bom grado.

Otaviano degustou a obra-prima repaginada em grandes goles. Começou a marear. A conversa rumou ao encontro de Santiago com os tubarões. Todo aquele sangue na água. A ruiva matou o Bloody Mary e se despediu com um beijinho. A noite prometia.

Nada mais vintage que uma trepada naquele toilette, imaginou Otaviano. Marta não resistiu e foi logo ajoelhando. O sanitário ficou irreconhecível. Náusea é um dos principais efeitos da reposição hormonal.

Subiram com dificuldade os degraus, pediram uma água com gás e adormeceram ali mesmo. O balcão do Paribar como travesseiro. Em seus sonhos, espelhos no teto.

Chama no zapzap

***

Amor, tudo bem por aí?

11h33√√

Tudo, meu lindo! ♥♥♥

11h33

***

Os alarmes despertam o meu senso de urgência. Ainda que invisível, o odor não deixa dúvidas. A diretora de RH rompe os buchichos em direção à saída de emergência. A manada, em um levante estrondoso, derruba mesas e cadeiras. Pilhas inteiras de processos administrativos são lançadas aos ares.

***

Só digo uma coisa.
Vc é o tesão da minha vida.

11h33√√

Uol, sessãozinha privê? ♥♥♥

11h34

Tô tesudo!

11h34√√

***

E todo aquele papo de inteligência emocional? Bem, nessas horas falta de tudo. Inclusive, a fiscalização que fez vista grossa aos carrinhos de lixo que obstruíam a saída de emergência. Também – por Deus! – quem iria imaginar. Tão cedo. A fachada de céu sempre azul e seus elevadores tão panorâmicos, refletindo as gravatas coloridas no subir e descer. Descer e subir. Agora ninguém desce e nem sobe.

***

Gostoso! Sabe que dia é hoje, né?

11h34

O dia mais foda da minha vida!

11h34√√

***

A galera já se deu conta. Estamos trancafiados no andar. Alguns começam a urrar. A secretária passa correndo seminua em direção à sala de reunião. Minha vizinha de baia não para de chorar e sorrir ao mesmo tempo em que soca a mesa já carimbada de um vermelho vivo. Ela sempre odiou essa burocracia. Num almoço chegou a co-

gitar abrir uma escolinha de surf para pessoas especiais.
Que brisa! Que calor!

***

8 anos de safadeza gostosinha, né?!
Fofinho delícia!

11h34

Sim, mas antes. Liga no Datena.

11h34√√

Datena? Surpresinha, taradinho?

11h35

***

Agora a secretária fica de quatro sobre a mesa de reunião. Um dos diretores está com a cara entre suas nádegas enquanto se masturba. Num canto, um grupo de executivos troca ofensas. Um deles quebra o projetor e se ajoelha em prece. A secretária e o diretor ganham a companhia do Juca das finanças e a Cíntia do almoxarifado.

***

NOOOSSSSSAAAA!
PQP!!!

11h36

O quê?

11h36√√

Incêndio na Berrini.

Parece feio.

O prédio. É aí?

11h36

***

Um notebook passa raspando minha cabeça. Agacho, e sigo nesta posição constrangedora até o banheiro. Quem pensaria em cagar numa hora dessas? Giro o trinco. Confirmo a assepsia do assento antes de arriar as calças. Silêncio, mesmo que abafado. Onde estava mesmo?

***

Sim!

Tô no banheiro,

de pau duro!

Manda a fotinha, vai!

11h37√√

Mas, lindo. Pelo amor de Deus!

11h37

***

Bem, hoje é o nosso aniversário de namoro. Oito anos de casados e a gente ainda nessa de namoro. Abençoado, Tinder. Que match! Que noite! Match. Match. Match.

***

Anda, manda logo!
Manda! Manda!

11h37√√

***

Tomada pelo nervosismo, a minha mulher manda.

***

A_foto_errada.jpeg

11h38

***

Ao vivo, o repórter anuncia o desabamento.

Augusto vai à lona

[A maquiagem cansada escorria da testa, desaforo a colorir a gola da camiseta.]

Clown:
— Já viu o preço do sabão em pó?
— Tá pelos olhos da cara.

[O nariz vermelho não escondia a calúnia. Algumas sujeiras são mais persistentes. Por mais que se tente lavar a roupa, a lona permanecia lodosa.]

Clown:
— Chora, lindinha, chora.
— Chora, que papai compra.

[Clássico da picaretagem. Ensinamento circense que antecede o menino Jesus. A risada garante a audiência e o sustento dos pequenos. No caso, o trio de anões que fazia as vezes de assistentes de palco.]

Clown:

— Minha mulher, aquela ali, abriu mão da maternidade.

— Já pensou o que seria do nosso filho?

[Seios bicudos e barba por fazer. Se bem acredito, um lobisomem com senso de humor seria de grande sucesso nos *Stand Up Comedies*. Espetáculos deste tipo trazem mais bilheteria que essa lona remendada. Isso está mais para planetário. Dos furos, grandes constelações. Logo, logo, os trapezistas serão substituídos por astronautas.]

Clown:

— Chora, lindinha, chora.

— Chora, que papai compra.

[A mesma conversa fiada. Número manjado e repetido diariamente. Entrega a bugiganga na mão da criançada, sem os pais perceberem. Aí é só esperar o choro na primeira tentativa de devolução. Quanto mais estridente, maior o constrangimento, mais alto o preço.]

Clown:

— A minha bolsa é que nem bolsa de valores.

— Quanto mais alto o grito, mais valiosa a oferta.

[O capitalismo é uma lona armada para abocanhar seu pão. Embora o circo seja considerado uma atração de baixo custo, os descontos dos ingressos são compensados ainda no estacionamento, no saco de pipoca e no algodão doce. Para os céticos, a trapaça vem desde os primórdios das entradas clownescas, onde ciganos desocupados se reuniam em picadeiros na tentativa de juntar alguns trocados ou ao menos garantir um prato de comida e um punhado de feno para passar a noite.]

Clown:
— Não passamos de anarquistas sonhadores.
— Aos palhaços, as migalhas. Piu! Piu! Piu!

[Para os românticos, aí me incluo, os picadeiros são o berço da dramaturgia europeia. Ainda na Roma Medieval, artistas populares se reuniam em saltimbancos, alternando números com palhaços e todo tipo de acrobatas e malabaristas. As entradas clownescas, em especial, chamam a atenção pelas técnicas teatrais complexas, a criatividade para compensar a escassez de recursos.]

Clown:
— Humor é sinal de inteligência.
— Rir de tudo já é esperteza.

[O palhacinho aí não era nada burro. Após uma carreira interrompida precocemente, o então candidato a ator pornô resolveu partir para os bastidores e passou a desenvolver diálogos para tornar as surubas mais interessantes. Embora tenha encontrado algum sucesso no início, as produtoras logo encerraram o papo e os contratos. Foda. Só a foda basta.]

Clown:
— Sorriso abre portas e algumas pernas.

[A frase feita era uma espécie de mantra seguido à risca. Broxado, resolveu partir para outra. Ou melhor, entrou em outra. O encontro se deu por acaso, num posto de gasolina próximo a um decadente *Drive Thru*. Point disputado por travestis renomadas na arte do meretrício. E, apesar da decepção imediata ao descobrir que ela era apenas uma garota de programa com barba por fazer, encerraram a noite com uma clássica troca de telefones. Em meio à conversa, impressionada pela desenvoltura retórica do rapaz, não resistiu e fez o famigerado convite. Inicialmente, para ingressar na trupe. Já que o galã demonstrava feições de um verdadeiro bufão.]

Clown:
— Comigo, o serviço é completo.

— Barba, cabelo e bigode.

— Né, amor?

[A vida pelo fio da navalha. Agora ele pega a lâmina e aponta ao público, em seguida, para a mulher. O rufar dos tambores aumenta o clima de suspense. O anão surge com um tecido para vendá-lo. Silêncio na plateia. Ele então dá uma pirueta desajeitada e lança a navalha em direção à sua própria mulher.]

Clown:
— Ué? Que silêncio. Ela ainda está de barba?

Plateia:
— Siiiiiiiiiiiiiiiiiiimmmmmmmmmmmmmm!!!

Clown:
— Tuuudooo beeemmm.
— Era para acertar o pescoço mesmo.

[Gargalhadas.]
[Ele tira a venda dos olhos. Mira bem. Então, abre um sorriso.]

Clown:
— Eu disse que comigo o serviço é completo.

— Poderia se levantar, amor?

[Em pé, a mulher barbada dá uma chacoalhada no vestido.

Um dilúvio de pentelhos surge entre suas pernas.]

[Aplausos!]

[O trio de anões começa a dançar passinho enquanto limpam o picadeiro.]

Clown:
— Alô, criançada! Olha quem está de volta!
— Quem? Quem? Quem? Amiguinhos?

[O foco de luz percorre a plateia. A cada parada, aplausos aos ilustres desconhecidos. Quanto a nós, éramos amigos de infância. Crescemos em uma comunidade ribeirinha muito festiva às margens do Rio Tocantins. Foi em uma dessas festividades à beira-rio que tivemos o primeiro contato com a arte circense. Chora que papai compra. Foi o que o palhaço cochichou ao entregar um suquinho no formato de carrinho. Azul para mim, vermelho para ele. O choro veio acompanhado de uma pancada. Mais uma das muitas mãos pesadas que marcaram nossa infância. Até que, lá pelos dez anos, após um exagerado corretivo, fomos trancafiados em um galinheiro, junto às ferramentas do roçado. Entre enxadas, rastelos, foices e estrumes. O castigo deveria durar uma noite.]

[Aquela noite me castiga até hoje.]

Clown:
— Sorria!
— Tire a tristeza dessa cara.
— Celebre que o tempo não para.
— O bom da vida é ser feliz.
— Tralálálálálálá!!!!

[Lá pelas duas da madrugada, quebramos a fechadura com a enxada. Com as foices em punho, a porta semiaberta do pau-a-pique era um convite para a vingança. Descontamos toda a nossa raiva em golpes, precisos e urgentes, abrindo picada na mata. Caminhamos por dias, tendo os cajueiros como sustento e as estrelas como companhia. Até que por prece, conseguimos uma carona na boleia de retirantes com destino à recém-inaugurada capital. Por lá, trabalhamos de mascates e serventes, garantia de barriga cheia. Ao término da construção da última cidade planejada do século XX, a prefeitura de Palmas havia herdado uma multidão de desocupados. As mãos sem obras logo perderam a calosidade e a inocência. Os pequenos e maliciosos truques passaram a fazer parte do cotidiano. Cada furto era um verdadeiro ato de ilusionismo. Carteiras, relógios e joias desapareciam diante dos olhares entretidos com os preços de pequis e cupuaçus. As xepas noturnas eram um convite ao espetáculo.]

Clown:
— Chama que ele vem!
— Isso é um circo ou uma igreja?
— Mais alto! Mais alto!

[Não demorou muito para a nossa voz engrossar. Nossa fama se espalhou à boca miúda. O enquadro era questão de tempo. Celas separadas. Décadas de distanciamento. Durante os meus doze anos de reclusão, boa parte da pena foi paga com gargalhadas. Entrei para o Circo Escola logo nos primeiros meses de cárcere. Um programa experimental de assistência e reintegração de detentos que incluía artes plásticas, danças, música, ginástica olímpica e dramaturgia. O picadeiro ocupou os meus ponteiros por todos estes anos. Agora, coube ao destino nos pregar essa última peça.]

[Neste exato momento, adentro o picadeiro sobre pernas de pau. O reencontro não poderia ser mais adequado.]

Clown:

— Augusto! Quanto tempo!

— Como tem andado?

— Pelo visto, cresceu na vida.

— Espero que com as próprias pernas.

[Um dos anões sorrateiramente me passa uma rasteira.]

[O picadeiro é tomado por uma chuva de réplicas baratas de dólares.]

[Crianças enchem os bolsos.]

Este livro foi composto em Minion Pro
e impresso em papel pólen bold 90 g/m²,
em agosto de 2021.